Dans la collection :

Éditeur : Véronique Babin - Assistante éditoriale : Anne-Marie Labrunie - Responsable artistique : Bernard Duvivier
Fabrication : Marie-Laure Garello.

MES PREMIÈRES LÉGENDES

LE SOLEIL ET LA LUNE

Texte de Claude-Catherine Ragache
Illustrations de Sylvie Chrétien
Collection dirigée par Gilles Ragache

HACHETTE Jeunesse

Pourquoi le Soleil et la Lune habitent au ciel

Au commencement du monde,
le dieu du Ciel fabriqua dans son atelier de nuages
deux boules lumineuses, de la même taille et de la même couleur.
Puis il descendit sur Terre,
et les déposa sur une île déserte :

"Bientôt des hommes, des animaux et des plantes vivront ici.
Vous leur apporterez la chaleur et la lumière",
leur dit-il avant de regagner son palais.

Restées seules sur l'île,
les deux boules décidèrent de s'installer confortablement.
"Regarde ce beau sable blanc au bord de la mer !
s'écria l'une d'elles.
Nous pourrons y rouler, glisser et rebondir !
Restons ici !

- Pas question ! répondit l'autre.
Je préfère habiter au bord d'un lac d'eau fraîche,
là-haut sur la montagne."
Et les deux boules lumineuses se séparèrent.

Au début, tout se passa bien.
Boule de la Plage et Boule de la Montagne se rendaient souvent visite,
et passaient des heures à bavarder.
Mais bientôt il se produisit d'étranges événements...

Tout d'abord elles se mirent à grossir, grossir énormément !
En même temps Boule de la Plage prenait une belle couleur orangée.
Au contraire, Boule de la Montagne brillait d'une lumière toute blanche.
Elles ne se ressemblaient plus du tout !

Elles commencèrent même à se disputer :
"Pousse-toi, tu es brûlante, tu vas incendier toute l'île ! disait la boule blanche.
- Et toi, tu vas la faire geler ! répondait la boule orangée.
Du haut de son palais, le dieu du Ciel entendit ces disputes.
Aussitôt il redescendit sur l'île.

"Vous ne pouvez plus habiter sur Terre,
leur dit le dieu d'une voix de tonnerre.
Je vous ramène au ciel !
Toi, Boule de la Plage, tu brilleras le jour :
les hommes t'appelleront Soleil.
Toi, Boule de la Montagne, tu luiras la nuit, et ton nom sera la Lune.
Plus jamais vous ne vous rencontrerez !"

Soleil et Lune s'envolèrent donc à tout jamais.
Plus tard, les hommes virent au ciel une grosse étoile orangée
qui leur donnait la lumière du jour,
et un bel astre blanc
qui les éclairait la nuit.
Et ils trouvèrent que cela était très bien !

À la recherche du Soleil

Les habitants de la Terre étaient tristes.
Jefa, le Soleil, prisonnier du dieu du Ciel,
ne brillait jamais pour eux.
Il faisait toujours sombre, et les enfants ne jouaient pas,
les femmes ne chantaient pas, les hommes ne dansaient pas.

Bien sûr, les poissons des profondeurs
ou les oiseaux de la nuit préféraient l'obscurité.

Mais les papillons multicolores, les abeilles amies des fleurs et les oiseaux du jour étaient très malheureux.

C'est pourquoi Nkombé l'épervier, roi des oiseaux, décida un jour d'aller chercher le Soleil chez le dieu du Ciel. "Je t'accompagne ! proposa Lontsingo, la mouche dorée. Je suis petite, mais je peux t'aider..."

Nkombé et Lontsingo s'envolèrent donc vers les nuages.
Le voyage fut bien long,
surtout pour Lontsingo la petite mouche dorée,
qui fut vite étourdie par l'altitude.
"Accroche-toi à mes plumes !"
lui criait Nkombé quand elle était trop fatiguée.
Enfin tous deux parvinrent chez le dieu du Ciel.

C'était un vieux dieu méchant et rusé.
"Je veux bien te donner Jefa le Soleil...
À condition que tu le trouves toi-même !"
dit-il à Nkombé en ricanant.
"Voici trois paquets : Jefa est dans l'un d'eux.
Désigne le bon paquet du premier coup, et le Soleil sera à toi.
Attention, si tu te trompes, jamais tu ne reverras la Terre !"

Le premier paquet brillait comme de l'or,
Le deuxième luisait comme de l'argent,
le troisième était gris et terne comme de la boue.

"Assurément Jefa le Soleil se trouve
dans le paquet doré !"
se dit Nkombé, et il tendit le bec pour le prendre.

"Malheureux !
murmura la mouche Lontsingo,
cachée sous l'aile de son ami.
J'ai épié le dieu quand il a préparé les paquets.
Personne ne fait attention
à une mouche, pas même lui !
Pour te tromper, il a caché le Soleil
dans le dernier paquet, le plus laid.
Prends-le vite et sauvons-nous !"

Lontsingo avait raison.
Nkombé et la petite mouche redescendirent bien vite chez eux.
Quand ils furent proches de la Terre,
Nkombé ouvrit le paquet gris :
pour la première fois le Soleil répandit sa clarté, et pour la première fois,
on vit les enfants jouer, les femmes chanter, les hommes danser.

Lilla, petite fille de la Lune

Lilla habitait chez sa tante,
dans un beau pays de forêts, de lacs et de neige.
Elle travaillait beaucoup.
Quand elle voulait patiner sur le lac gelé,
ou construire un bonhomme de neige,
sa tante l'envoyait casser la glace et puiser de l'eau.

Souvent, Lilla travaillait tard.
La nuit était tombée, les hommes et les bêtes rentrés,
bien au chaud, bien abrités.
Dans la forêt, les ombres faisaient peur.
Parfois le loup hurlait...
Lilla aurait voulu partir, partir loin de ce pays de forêts,
de lacs et de neige, où jamais elle ne s'amusait.

Sur le chemin du retour, quand le ciel était clair,
Lilla posait un instant son lourd seau d'eau ou son fagot :
"Bonsoir Madame la Lune ! disait-elle timidement
Merci d'éclairer le sentier.
Je crois bien que vous êtes ma seule amie."
Parfois, il semblait à Lilla que la Lune devenait rose de plaisir...

Un soir, à bout de fatigue,
Lilla trébucha et le lourd seau plein d'eau se renversa.
"Que va dire ma tante ?" s'écria Lilla.
Elle n'avait pas la force de retourner jusqu'au lac gelé.
Découragée, elle s'adossa contre un tronc moussu.
"Ah ! Si seulement je pouvais m'enfuir loin, très loin d'ici !
J'aimerais tant habiter sur la Lune, ma seule amie !"

Dès qu'elle eut prononcé ces mots, Lilla s'endormit...
Son amie la Lune l'effleura d'un rayon de lumière, et Lilla disparut.
La vilaine tante ne la retrouva jamais.
Mais les enfants de Sibérie connaissent bien Lilla,
la petite fille de la Lune, qui souvent leur sourit...

Les dix soleils

Yao, l'Empereur de Chine, aimait les fleurs.
Chaque jour, dès le lever du soleil,
il se promenait dans les jardins du palais,
pour admirer ses roses et ses pivoines parfumées.

Or, un matin, il découvrit un spectacle désolant :
toutes les fleurs étaient fanées,
et malgré l'heure matinale,
la chaleur était insupportable.

Inquiet, Yao regarda le ciel et n'en crut pas ses yeux :
dix soleils y brillaient en même temps !
"Quelle catastrophe!" s'écria-t-il,
et il convoqua aussitôt ses ministres.
"L'or va fondre ! se plaignit le ministre du Trésor.
- Les forêts brûlent ! ajouta le ministre de la Nature.
- L'océan se met à bouillir !"
conclut le ministre de la Mer.
Tous transpiraient à grosses gouttes.

Alors l'Empereur consulta le puissant dieu du Ciel.
"Que se passe-t-il, grand Di Jun ?
- Hélas, ce sont mes fils, les dix soleils, qui sont devenus fous !
D'habitude, ils brillent à tour de rôle.
Mais ce matin, ils se sont disputés, et ont quitté tous en même temps l'arbre géant où ils habitent de l'autre côté de l'océan."

Il fallait les arrêter avant que toute la Terre ne soit grillée !
Yao cherchait une solution, lorsqu'un homme se présenta au palais.
Il portait un arc de bois rouge
et un carquois contenant dix flèches blanches :
"On m'appelle Yi le bon archer, dit-il.
Avec cet arc magique, je peux atteindre les soleils,
car il lance ses flèches si loin,
que jamais elles ne retombent sur Terre !"

Quelques instants plus tard, Yi était installé
sur le toit le plus élevé du palais.
Il visa un soleil,
la première flèche partit comme un éclair...
et se planta en plein milieu de sa cible.
Victoire ! Un premier soleil s'éteignit.
L'Empereur se reprit à espérer.

Une deuxième, une troisième flèche s'envolèrent.
Deux autres soleils s'éteignirent...
Bientôt il ne resta plus dans le carquois que deux flèches :
Huit soleils étaient déjà tombés.
Yi prit la neuvième flèche, puis visa : l'avant-dernier soleil disparut.
Alors Yi voulut envoyer la dixième flèche... Il ne la trouva pas :
l'Empereur l'avait discrètement volée,
pour que la Terre ne soit pas plongée dans l'obscurité !

Le mariage de la princesse Lune

Le fils du roi de la Terre voulait épouser la fille du roi de la Lune.
"Jamais je ne prendrai une autre femme que la princesse Lune !"
répétait-il à son père,
qui lui présentait pourtant de très belles fiancées.
Cette situation posait un problème :
comment aller jusqu'à la Lune ?

Le roi consulta les magiciens et les plus célèbres savants.
Aucun ne trouva de solution, et le prince devenait plus triste chaque jour...
C'est alors qu'une toute petite grenouille verte vint trouver le roi.
"Je m'appelle Hop, dit-elle, et je sais comment monter jusqu'à la Lune."
Jaloux, les magiciens et les savants ricanèrent :
"Comment vas-tu faire, petite prétentieuse ?
- C'est mon secret !" répondit fièrement la grenouille.
Le roi lui donna officiellement le titre de messager,
et le prince reprit espoir...

En trois bonds, Hop la grenouille rejoignit la mare où elle habitait
et se cacha sous une large feuille de nénuphar.
La nuit vint, la Lune apparut au milieu des étoiles.

Quand elle fut juste au-dessus de la mare,
un rayon de lune se déplia comme une échelle.
Des petits hommes vêtus d'argent en descendirent
et commencèrent à puiser de l'eau à l'aide de pots et de seaux.
"C'est le moment !" pensa Hop la grenouille.
Elle prit son souffle et Hop ! Hop !
En deux bonds, elle plongea au fond d'un seau.
C'est ainsi qu'elle se fit transporter jusqu'à la Lune,
par les serviteurs chargés de la provision d'eau !

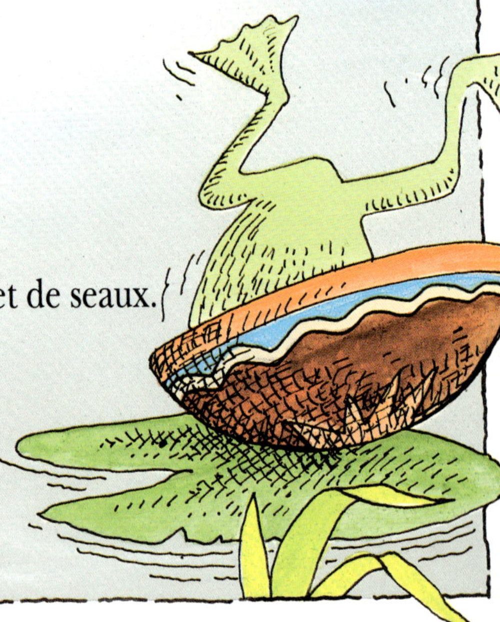

La fille du roi fut bien contente d'être demandée en mariage
Elle descendit aussitôt le long d'une guirlande d'étoiles,
guidée par Hop la grenouille,
à qui le prince offrit la plus belle mare du pays !

Le Soleil et la Lune... en questions !

Il fait plus chaud quand le Soleil brille. Pourquoi ?

Le Soleil est une étoile, c'est-à-dire une énorme boule de gaz en feu. Comme une lampe allumée il envoie sur la Terre de la lumière et de la chaleur. Quand des nuages se trouvent entre le Soleil et la Terre, il fait un peu moins chaud.

Pourquoi voit-on la Lune seulement la nuit ?

Le jour, le Soleil nous éblouit et nous empêche de bien voir la Lune. Pourtant, en regardant attentivement le ciel, on l'aperçoit parfois, mais pâle et blanche. Au contraire la nuit, la Lune, éclairée par le Soleil, est nettement visible sur le fond sombre du ciel.

Le Soleil et la Lune... en questions !

Où se trouve le Soleil pendant la nuit ?

Le Soleil ne bouge pas, c'est la Terre qui tourne autour de lui. La Terre est une grosse boule qui tourne aussi sur elle-même comme une toupie. La nuit, le côté de la Terre où nous habitons ne reçoit plus sa lumière.
Mais pour les gens qui habitent de l'autre côté, c'est le jour. Chacun son tour !

Pourquoi la Lune change-t-elle de forme ?

La Lune ne change pas de forme : comme la Terre elle ressemble à une grosse boule. Mais nous ne voyons que sa partie éclairée par le Soleil. Et comme elle change de place dans le ciel, le Soleil ne l'éclaire pas toujours de la même façon.

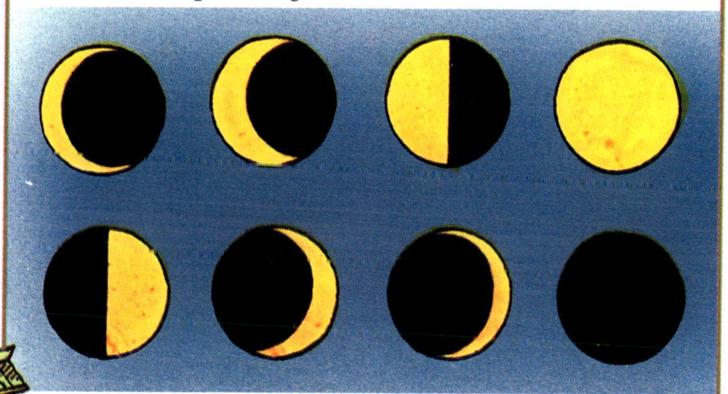

Qu'est-ce que la pleine Lune ?

Lorsque le Soleil éclaire la face de la Lune qui regarde vers la Terre, nous la voyons ronde comme un disque : c'est la "pleine Lune".

Le Soleil et la Lune… en questions !

Pourquoi la Lune ressemble-t-elle parfois à un croissant ?

Lorsque le Soleil éclaire seulement un côté de la Lune, elle ressemble à un croissant : c'est un "quartier de Lune". Et, parfois nous ne voyons plus du tout la Lune, car le Soleil éclaire l'autre face, invisible depuis la Terre.

Quel est celui des deux qui est le plus loin de la Terre : le Soleil ou la Lune ?

Le Soleil est beaucoup plus loin de la Terre que la Lune. À la même vitesse, une fusée qui mettrait un jour pour aller jusqu'à la Lune volerait pendant 404 jours avant d'atteindre le Soleil, c'est-à-dire plus d'un an !

Le Soleil et la Lune sont-ils plus gros que la Terre ?

La Lune est la plus petite des trois. La Terre est 3 fois et demie plus grosse que la Lune, et le Soleil plus de 400 fois plus gros que la Lune.

Le Soleil et la Lune... en questions !

Si un tunnel les traversait complètement en passant par le centre, en marchant normalement sans s'arrêter, il faudrait un peu plus d'un mois pour traverser la Lune, environ quatre mois pour traverser la Terre, et presque 40 ans pour traverser le Soleil !

Y a-t-il des hommes sur la Lune ?

Non, car sur la Lune il n'y a pas d'air et nous ne pourrions pas y respirer. Les astronautes qui s'y sont posés portaient des casques et des vêtements spéciaux et respiraient à l'aide de bouteilles comme des plongeurs.

au fil des mots...

altitude : la hauteur par rapport au niveau de la mer.

archer : homme armé d'un arc.

astre : étoile ou planète visible dans le ciel.

atelier : pièce ou bâtiment dans lequel on travaille et on range les outils.

carquois : étui pour ranger des flèches.

cible : objet que l'on cherche à atteindre avec une flèche, une pierre ou une balle.

désolant : très triste.

épier : regarder sans être vu, en se cachant.

au fil des mots...

espoir : confiance.

fagot : petites branches de bois sec attachées ensemble.

incendier : enflammer, mettre le feu.

luire : produire de la lumière, briller.

ministre : femme ou homme qui aide les rois ou les présidents à gouverner.

palais : très belle maison où habitent les rois ou les présidents.

les profondeurs : le fond de la mer.

puiser : prendre de l'eau à l'aide d'un seau, au fond d'un puits ou à une fontaine.

trébucher : buter du pied contre un obstacle en marchant.

Imprimé en France sur les presses
de l'imprimerie Lazare Ferry
ISBN : 300 201 290 1198 - Dépôt légal : 8157 - 05/95
Loi n° 49956 du 16 juillet 1949
sur les publications destinées à la jeunesse
29/1359/7- -V